クリスマスを探偵と

文 伊坂幸太郎
絵 マヌエーレ・フィオール

Christmas with a Detective

Story by Kotaro Isaka
Illustration by Manuele Fior

河出書房新社

1

小さな笑い声が耳に入ってきて、カールは視線を動かした。厚手のコートを着た婦人が、花屋の女性店員に声をかけているところだ。丁寧《ていねい》にラッピングされた白と赤の花を受け取っている。誰に渡すための花なのだろうか、と想像しかけたところで、婦人が何やら店員に向かい、口を開いた。その横顔には苦々しさが滲《にじ》んでおり、今、笑っていたばかりであるのに、とやり取りが気にかかる。歩《ほ》を進めながら、通り過ぎる際に耳をそばだてた。「本当みたいよ。その男、この町に逃げてきたらしいのよ」客の婦人が喋《しゃべ》っていたのはそのような内容だった。

「なんでまた、この町に」花屋の店員が鼻の頭に皺《しわ》を作った。

「ここなんて意外に小さい町なんだから、隠れるところなんてないし、すぐにばれちゃいそうだけれど」

「そこはほら、サーカスの人なんだからさ、屋根とかひょいひょい移動しちゃうのかも」

「でも、そうやってずっと逃げ続けるわけにもいかないでしょ。逃げ出したいなんて、サーカスって大変なんだね」

「ピノキオもサーカスから逃げちゃったからねえ」婦人が感心するように言った。かのピノキオ卿《きょう》ですら、という口ぶりだった。

今朝、列車の中で読んだ新聞記事のことを、カールは思い出す。ドイツ国内を興行中のサーカス団から、若い曲芸師が逃げ出した、とあり、演し物《だしもの》の変更を余儀なくされている、と書かれていた。

「たぶんストレスだよね」婦人は花束に鼻を近づけ、香りを楽しむようにしたついでに言った。「だいたい世の中のうまくいかないことって、ストレスが原因なんだから」

カールは道を進んだ。赤い切妻屋根《きりづま》の小さな家が建ち並ぶ、ローテンブルクの町は、いつ訪れても童話の世界を歩かされるような感覚になる。夫の浮気や妻の不貞《ふてい》、婚約者の身元、息子の行方など、げんなりするような、現実的な事柄ばかりを調査しているカールとしては、居心地が悪かった。俺がここに来て良いものか、と気まずくなる。猫と鼠《ねずみ》の可愛《かわい》らしいアニメーションの中に、実写ホラー映画の出演者が足を踏み入れたかのような感覚に襲われ、自分が一歩足を踏み出すごとに、この町が鉛《なまり》のような暗く、重い色で侵食されていくのではないか、と怖くなる。

店の並ぶ通りには人が疎《まば》らだった。いつもであればもう少し賑《にぎ》わっているのかもしれない。十六時を回り、空は暗くなり、街路灯が穏やかに路上を照らしている。住人たちはみな、おのおのの家でクリスマスの食事の準備などで忙しいに違いなかった。

カールは広場を抜け、細い路地を歩いていく。店の外に吊《つ》られている、小さな飾り看板はそれぞれ凝《こ》っているのだが、

それを可愛らしいと楽しむ余裕はなかった。そもそも、物や人について、「可愛らしい」と受け止める感性が自分には足りないのだ、と自覚している。十五で家を出て以来、就《つ》いた仕事の大半は地味で、暗いものばかりだった。地味で暗いだけであればまだ良かったが、心が汚くなるものが多く、もし自分の感受性が豊かであったならとうの昔に、精神的にまいっていただろうと想像できた。人の底意地の悪さを目《ま》の当たりにし、もしくは、自分自身が人を陥《おとしい》れることで食い扶持《ぶち》を稼いできた。物を愛らしい、と感じることからは無縁の生活だった。

角を折れたところで、レストランの看板にぶつかりそうになる。鉄を折り曲げ店名のスペルを作っているのだろうが、読みにくい。邪魔《じゃま》だな、と睨《にら》みつけながらも、どうにかデザインから文字を読み取る。「グリュック」とある。幸福、とはまた嫌味な名前だ、と看板を折り曲げたくなった。扉に、「幸福な夜に幸福な食事を」と書かれた貼《は》り紙が目に入る。一生俺には食べて欲しくないようだな。

男を見失ったのかと思った。探偵まがいの仕事をはじめてから四年が経つが、尾行している相手に逃げられたことは一度もない。技術やコツの問題もあるだろうが、それ以上に、浮気に向かう男は、女に会ってからのお楽しみのことで頭が一杯で、つけられていることになど気を配っていられないのだ。五十を過ぎた、腹にたっぷりとついた肉を持て余しながらも足早に進んでいく男に目をやり、暗い気持ちになる。何もクリスマスイブに浮気をすることもないだろうに。いや、クリスマスイブだからこその浮気なのか。

「あ」と横で声がした。見れば、ダッフルコートを着た小さな男の子がぽかんと口を開け、空を見上げていた。傘がないにもかかわらず傘を差すかのような恰好《かっこう》で、握った右手を掲《かか》げるようにしている。

「ほら」そばにいる父親と思《おぼ》しき、髭《ひげ》の男が鋭く言った。「ちゃんと持ってろ、と言っただろ」

赤い風船が、子供の真上にあった。解放された自由を満喫《まんきつ》するかのように、するすると上昇していく。

「だって」子供は弁解を口にしようとするが、良い説明が思い浮かばないのか、もごもごと言いよどむ。それから、「風船、取って」と泣きべそをかく。

「あんなに遠くに行ったら無理だろうが」

「鳥」と幼児は言う。「鳥が取ってくれる」

「もしくはトナカイ」父親は面倒臭そうだった。「今日はクリスマスだから。トナカイが空を飛んで、風船を捕まえるかも」

「そうなの？」

「だから、今晩、サンタクロースが風船を持ってきてくれる。プレゼントで」

「もっといいのが欲しいよ。風船なんて。でも、トナカイって本当に、空を飛ぶの？」

「そりゃあ飛ぶ」父親は当たり前のように言う。嘘《うそ》教えるなよ、とカールは白けた気分で聞いた。「トナカイの中でも小型の、ペアリーカリブーという種類、トナカイの中でもこいつらは特に飛ぶ」

「本当に？」

「フランスの洞窟《どうくつ》には、古代に描かれたトナカイの絵があるんだ。トナカイは普通、北極とか北のほうにしか住んでいないのに、それより南の国で、絵に描かれている。これがどういうことか分かるか」

「分かんない」

「飛んできたってことだろ」

「本当に？」

「サンタクロースは夏から、トナカイの飛行訓練に忙しい。体調管理も大事だし」父親は喋り始めたところ興《きょう》が乗ったのかもしれない、子供はすでに関心を持っていないにもかかわらず、法螺《ほら》話をだらだらと続けた。「オリンピックに照準を合わせて、体を作るアスリートみたいなものだ。トナカイも今シーズン最高の飛行を、今夜、披露《ひろう》するわけだな」

「何頭、いるんだろう」

「八頭だよ。それに、赤鼻のルドルフを入れて、九頭だ。ベストメンバーで今日に臨む」

カールはその話を聞きながら、自分が子供の頃に見た、癇《かん》癪《しゃく》を起こす父の姿を思い出した。草サッカーチームの監督をしていた彼は、大会前に負傷した選手の穴をどうにか埋めなければならない、とメンバーの選抜に頭を悩ませ、始終、苛々《いらいら》していた。何かといえば、「チームがチームが」と溢《こぼ》し、カールがその試合を観《み》に行きたいと言えば、のらりくらりとはぐらかした。はじめは、なぜ観戦させてくれないのか、と疑問でならなかったが、そのうち、弱いチームを見せたくないのだな、とカールは察した。

2

男の後をつけ、カールはずいぶん歩いた。道はだんだんと細くなり、白くなった芝や枯れた草が周囲には多くなる。町から外れ、いつの間にか左手には川が流れていた。日が暮れているためか、川は冷たく固まっているようにも見えるが、実際には、呼吸にも似た、小さな波を立て、確実に動いている。人や町に迷惑をかけぬために息を潜《ひそ》め、静かに生きる、巨大な動物を思わせる。寝そべり、動かず、ただ脈動するだけの生き物だ。流れる水は差《さ》しづめ、血液か。

人通りがないため、距離を空けても男を見失わずに済む。尾行には都合が良かった。

先ほどまでは少し急ぎ気味であった男も、約束の時間に間に合う計算ができたのか、歩く速度はゆったりとしはじめていた。もちろん、弛《たる》んだ腹の肉を抱えて歩くのに、疲れた可能性もあった。浮気を前に、へばってどうするのだ。

やがて橋が現われ、手前で右に折れる。カールもそれに続く。永遠に併走《へいそう》してくれるように思えていた川とも、とうとう離れ離れとなる。

住宅地に入る。扉にクリスマス・リースをつけた家がちらほら見え、部屋の明かりとともに賑やかな声が洩《も》れてきた。クリスマスソングが聞こえ、カールは耳の近くにある、傷に触れた。

道を奥へ奥へと進むにつれ、一軒ごとの敷地が広くなってくる。舗道《ほどう》のタイルも立派になり、見るからに高級な住居が続く。いったいどんな仕事をしたらこのような家に住めるのか、とカールは首を捻《ひね》る。悪事を働いたのだろう、とまでは思わなかったが、自分の一生をもう一度やり直したとして、どういう経路を辿《たど》れば、こうした家に住むことができるのかを想像し、愕然《がくぜん》とする。たぶん、どの選択をしてきたところで無理だったのではないか。

先を歩いていた男が立ち止まり、道沿いの家に身体を向けた。家の住人を呼び出しているのかもしれない。カールは舗道を斜めに進み、街路樹の横に体を隠し、男を眺めた。男が立っているのは、このあたりの中でもひときわ、大きな家の前だった。城とまでは言わないが、小さなホテル並みに窓の数が多く、住人が建物から広い庭を通り、外の門までやってくるだけでもずいぶんな時間がかかるように思えた。

いったい誰がこのような家に住めるのか、と問いたくなったカールは、その答えをすぐに知る。取り出したオペラグラスで眺めていたところ、敷地内から中年の女が現われ、男を中に引き入れたのだが、その女の顔に見覚えがあったからだ。有名な投資家だ。二ヶ月ほど前、雑誌の記事で見た。世界経済が未曾有《みぞう》の停滞にある中、金《きん》の取引で莫大な儲《もう》けを出し、その得た金で大量の美術品を購入し、さらに、特定の画家の絵を求め、「お金に糸目はつけないので、どしどしわたしに売るように」という品のない趣旨《しゅし》のことを、行儀良く、口にしていた。自分には縁のない世界の、縁のない優雅な話だ、とカールは嘲《あざけ》るような気持ちでその記事を読んでいたものの、尾行相手の浮気相手がまさかその女とは驚いた。予想に反し、縁があったわけだ。

男は汗を拭《ふ》きつつ、女とともに、大きな家の中に消えていく。

カールはゆっくりと家の門まで歩み、庭や建物を観察する。浮気相手の家に入った男が、すぐにそこから出てこないことは想像ができた。わざわざやってきて、首筋にキスをし、「じ

ゃあまた」で終わるはずがない。いつもであれば建物の外観を撮影したり、室内を覗《のぞ》ける場所を探したり、とそれなりにやることはあるのだが、やめた。尾行初日で浮気現場に辿《たど》り着けたために、これは容易《たやす》い仕事だと判断してしまったところもあるが、それ以上に、依頼主が依頼主だけに正式な仕事とは異なるため、丁寧にやるのももったいない、と判断したからでもあった。

どこか休める場所はないかと周囲を見渡した。クリスマスイブに住宅街をうろうろしていると、孤独のあまりホームパーティに誘って欲しがっていると思われるおそれもある。

左手の奥、少し離れた場所に川沿いに作られた公園が見えた。それほど広くはないようで、滑《すべ》り台やブランコ、あとはベンチがある程度だ。その場所から、この家が見えるようには思える。今は、ダッフルコートを着た若い男が一人で腰掛け、本を読んでいる。

今年のクリスマスはあの男と過ごすか。

カールは自嘲《じちょう》気味にそう思い、公園へ向かった。

3

寒いですね、と声をかけられ、カールははっとして隣の男を見た。ベンチに座る際に、「隣、失礼するよ」と声をかけたが、厚い本を読むのに必死の様子でほとんど生返事しか返ってこなかったため、あまり関わって欲しくないのだなと判断し、それきり喋りかけていなかった。鼻が高く、茶色の髪は柔らかそうで、コートから覗く首の細さから想像し、贅肉《ぜいにく》のない軽やかな体型を思い浮かべた。「風が冷たいですね」と彼は爽《さわ》やかに言い、膝《ひざ》に本を置き、手をこすった。「かじかみます」

「このあたりに住んでいるのか?」カールが訊《たず》ねると、相手は困惑した表情を見せた。答えたくないのか、と思えば、取り繕《つくろ》うように、「ここではないです。みんなでぞろぞろ、仕

事であちこちに」と肩をすくめた。

「じゃあ、俺と同じだ。俺も今日は仕事でローテンブルクに」カールは言ってから、仕事のような仕事ではないような、いったい自分は何をやっているんだか、と呆《あき》れてもいた。「こんな寒い中、外で読書とは、何かの訓練か」とからかうと、彼は肩をすくめ、「寒さと暗さでもうお手上げでした」と苦笑した。

カール、と自分の名前を告げると相手はとても言いにくそうに、サンドラと名乗る。女の名前ではないか、とカールは怪訝《けげん》に思うが、説明するのが億劫《おっくう》そうな男の表情を見ていると、それ以上、名前のことを尋ねる気持ちにもなれなかった。

「でも僕はこうやって息抜きができますが」男は穏やかに口元を緩《ゆる》めると、「そちらのように人の調査をするような仕事はなかなか気も抜けないでしょうし、肉体的にも精神的にも磨《す》り減る部分があって、楽ではありませんよね」と続けた。

カールは、え、と男を見つめる。

「探偵さんか何かですか？」

急に風が吹き、公園の地面を小さな紙切れが転がっていく。ピエロが描かれた可愛らしい絵がある。男はそれを見送った後で、「当たりましたか」と微笑《ほほえ》んだ。「先ほど、あの通りを変な大きな袋を持った男がやってくるのが見えて、豪邸に入っていきました。その後で、カールさんが現われて、やはり家に入るのかと思えば、そうではなくて、あたりを観察していたので、ほら、私立探偵であるとかそういった調査を仕事にしている人なのかと想像したんです。落ち着き払っていて素人っぽくなかったですし。それに今もベンチに座って、神経を尖《とが》らせていましたから。さっきの男が事件に関係しているのですか？」男が興味深そうに訊ねてくる。

「何だか急に興味津々《しんしん》だな」

「変化のない毎日を送っていますから、刺激が欲しいのかもしれません」男は膝の上の本に目を落とす。サスペンス小説のようだった。

カールは先ほどの豪邸に眼差《まなざ》しをやる。「現実はフィクションとは違う。あの男はただ浮気をしにきただけで、俺はそ

の調査だよ」

「結構な年齢に見えましたが、浮気なんてするんですかね」

「まあ、そこそこ健康で、相手がいれば、男はそういうものかもしれない。まあそうじゃない男もいるんだろうが、いても不思議はない」カールは投げやりに言う。「実はこの調査は今日はじめたばかりなんだ。夫の様子が変だから、と依頼されて」

「浮気と決まったわけではないんですね」

「過去にも浮気をしていた前科がある。俺の経験からすれば、今回も浮気だろう」

「あそこの家はあれですよね」男はそこで、投資家の名前を口にした。「彼女の自宅」

「独身らしい」

「子供もいません」男も詳しいため、カールは少し驚く。

「テレビや雑誌に登場しては指輪やらネックレスやら、家に飾った絵なんかを見せびらかしている。ああいった装飾品が家族代わりなんじゃないか」カールは冗談半分に言ってから、意外に当たっているかもしれないぞ、と思う。

それから二人は、ドイツ統一の問題点について話し合い、東の車が頑固《がんこ》にスタイルを変えなければあれはあれで価値が出るのではないか、であるとか、もしくは数ヶ月前に終わったワールドカップを話題にし、優勝は運だったのか実力だったのか、予選ブロックのコロンビア戦が一番楽しめた、すべてはアルゼンチンのおかげではないか、いやライカールトの退場のおかげなのだ、とだらだらと話を交わした。

一通り話し終えると、喉《のど》が痛いことにカールは気づいた。これほど長く誰かと雑談をしたのはいつ以来か、と思い出そうとするがうまくいかない。吹き付けてくる冷たい風も不快ではなかった。

人の声がし、見れば、通りを家族が歩いている。コートを着た両親の間に、男の子と女の子が手を繋《つな》いでいる。まっすぐに歩こうとせず、あっちへ揺《ゆ》れ、こっちへ揺れ、と動く子供たちを親が注意しているが、叱りつつも幸福感が滲《にじ》んでいる。

「やはり、クリスマスだからですかね」男が言った。「心なしかみんな明るく見えます。子供たちはプレゼントをもらうのが楽しみなんでしょうね。『悪い子にはサンタクロースはプレゼントを持ってきてくれない』なんて言葉を無邪気に信じて、どうにかいい子でいようと、少なくともいい子のふりはしようと必死です」

悪い子には、サンタクロースは来ず、二人の鬼クランプスがやってくる、と言われる。あれはどうやらドイツならではの話なんだってな、と言うと男も、「サンタクロースやクリスマスの話は世界各地でばらばららしいですよ」と肩をすくめた。「サーカス団の演し物はだいたいどこの国でも似たりよったりなのに。とはいえ、どの国の子供もサンタクロースを待ち望んでいるのは同じでしょう」

「それはないな」カールは反射的に強い言い方をしていた。

「え」

「本気で、サンタクロースがやってくるなんてことを信じている子供が、世の中にどれくらいいるのか。たいがいの子はそんなのが作り話だって知っているんじゃないか。なあ、君もそうだろ」

「まあ、僕は子供の頃から知っていましたから」男は寂しげに肩をすくめる。

「だろ。ドラマを観ても、映画を観ても、絵本を見たって、サンタクロースに扮《ふん》する父親の姿が出てくる。子供は、大人が考えているほど子供じゃない。サンタクロースの恰好をしている人間は全員サンタクロースじゃない。子供たちは、クリスマスというイベントのために、騙《だま》されたふりをしいるだけなんだ」

「少し、気持ちの入った発言ですね」男は、カールを馬鹿にするでもなく、新しい発見に驚くような様子だった。

カールは少し言いよどむ。「単に、嫌な経験があるんだ」

「嫌な経験は、本当に嫌なもんです」

真剣にそう口にする男が可笑《おか》しくて、カールは頬《ほお》をほころばす。

「よければ僕に話してみてくれませんか。時間もありますし。

たぶん、尾行相手はまだ出てきませんよ。浮気であるのなら」

カールは、男をまじまじと見て、真面目《まじめ》な若者だと感じた。からかうような言葉も、こちらの反応を見るために、空気を押し引きしているような、そういった気遣《きづか》いから出ているのだと分かる。

「こんなことを言うのも申し訳ないですが、クリスマスの夜を探偵と過ごすなんて、新鮮です」

目を細める男を見ているうちに、カールの口はゆっくりと、その唇《くちびる》と唇の粘着《ねんちゃく》をぴりぴり剝《は》がすかのように、動く。

4

俺のうちは画材屋だったんだ。商店街の端《はし》にぽつんとある小さな店で、子供たちが絵の具を買いに来たり、素人《しろうと》画家たちがキャンバスを購入したり、油絵の画材を買いに来た。家族といえば、両親と俺の三人だけだから、裕福ではないもののどうにか食べていける商売だったんだろう。まあ、そうは言っても子供は敏感だから、俺も我儘《わがまま》を言って家計を困らせてはいけないと気を配り、おもちゃや本をねだることも、遊園地に連れて行ってほしい、と主張することもなかった。本人だという贔屓《ひいき》目を抜きにしても、いい子だった。

隣の男は無言のまま、けれどにこやかな面《おも》持ちで、耳を傾けている。カールは大きな樹に寄りかかり、独《ひと》り言《ごと》を喋っているかのような思いになる。

「今から考えると、たぶん、親父は嫌気《いやけ》が差していたんだ。生活はかろうじてできるものの、日々に新しいことは何一つない。地味で退屈な人生にうんざりしていたんだろう。当時は分からなかったが、今になれば、想像できる。変化や向上は一切ありません、と決められた人生ほど、苦痛なものはない」カールは言いながら、だから俺は、自由を求めて、探偵まがいの仕事を始めたのかもしれない、と考えた。探偵業も不自由だとは事前に誰も教えてはくれなかった。

「だからなのか、親父は始終、機嫌が悪そうだった。俺の母親にも始終、当たっていた。どこかに行って、帰ってくるとたいてい、長い毛を服につけていて、母親とは髪の長さも色も違うから、これはどこかで俺たちの知らぬ女と会ってきたな、と子供の俺にも分かった」

「趣味はなかったのですか、お父さんに」

「草サッカーチームの監督を買って出て、休みの日になるとよく出て行った」

「強かったんですかね」

「さあ」カールは首を傾《かし》げる。「俺は一度も、試合を見たことがない。親父は、俺に、そのチームを見せることもしなければ、試合観戦に誘うこともなかった。だから、俺が知っているのは、試合のメンバーを選ぶのに苛々しているところだけだ」と答えたところで、「ああ」と声が洩れた。

「どうしました」

「今頃、気づいたんだが、あれは浮気を偽装していたのかもしれないな。本当は、サッカーチームの監督なんてしていなかったんだ。定期的に外出して、数時間帰ってこない言い訳にしていたんじゃないか。思えば、長い毛をつけて帰ってきたのは、サッカーの練習に出かけた後が多かった」

「そんな嘘、奥さんにすぐばれちゃいそうですけど」

「うちの母親が何かを訊ねると、『関係ないことに口出しするな』と一喝《いっかつ》だったからな。小さい我が家で、君主気取りだったんだ、あの親父は。まあ、そのせいで母親に不満が蓄積《ちくせき》していったんだが」カールはそこで、そもそもの話を思い出す。「そうだ、クリスマスのことだ。はじめ、クリスマスは、俺にとって最高だった」

「最高だったんですか」

「そりゃそうだろ。貧しい我が家にもプレゼントが届くんだ。一年に一度とはいえ、好きなものがもらえるなんて、普通、考えられない」

「どうやって頼んだんですか？」男は目を細め、口元を緩めている。

「父親に伝えたんだ。何それが欲しい、とな。紙に書くか、口頭で、自分の親父に言伝《ことづて》を頼め、と友達に教わった。あの不機嫌丸出しの父親に、プレゼントのおねがいなんてしたら、ぶん殴《なぐ》られるかと思ったが、恐る恐る言ってみた。そうしたらな、意外にすんなりだ。『分かった。伝えておく』なんてな。そこで俺は確信したよ。もし、サンタクロースがいないんだったら、親父は激怒したはずだ。『うちに、おまえのおもちゃを買う金があると思うのか』とな。それがあっさり引き受けたのは、金は必要ないってわけだ。だから、こいつは本当だ。最初に届いた時は感激したよ。で、それからは毎年、ク

リスマス頼《だの》みだ。俺は毎年、その日を、クリスマスの夜を、つまり今日だな、それを楽しみに暮らしていた。毎日指折りだよ。けなげといえばけなげだけどな、あまりに、けなげすぎた」

「さっきの話にもなりますけど、でも、大半の子は、サンタクロースなんかいないと知っているわけですよね」

カールは自嘲気味に、「俺以外はな」と苦笑した。「俺以外の奴らはもう、ずいぶん前から、サンタクロースは、父親なり母親なり、もしくは知り合いの大人が、プレゼントをくれるだけだ、と知っていた。実際、まったく別の日に、クリスマスプレゼントをもらう奴もいたからな。ただ、俺は信じていたよ。なぜなら、うちは貧しくて、おもちゃを買う余裕なんてないからだ。ほかの家には来なくとも、うちには本当に、サンタクロースが来ているんだと信じていた」

「いつまで信じていたんですか」男は、希少動物を目の当たりにし、感心するかのようだった。

「聞いたら笑うよ。十五だ。十五になるまで、俺は信じていた」

「恥ずかしがることではないとは思います」男は優しく、相槌を打った。「その夢みたいな話を信じて、その時は楽しく過ごしていたんですから。ものは考えようです。ほかのお友達よりは幸福だったのかもしれませんよ」

「だが、冷静に考えればサンタクロースには無理があるんだ。一人で、たった一晩で、世界中を回れるわけがない。おもちゃをそれだけ手に入れることも現実的ではないし、トナカイが空を飛ぶこともおとぎ話とも呼べないおとぎ話だ」

確かに、と男は言い、「どうしてサンタクロースは存在しない、と知ったんですか？　きっかけがあったんでしょうか」と訊ねた。

カールは、大の大人が二人、公園のベンチに座り、サンタクロースの話をしていることに眩暈《めまい》を感じる。自分が、誰にも笑ってもらえない喜劇に参加しているかのような、羞恥《しゅうち》を覚えた。が、一度、話しはじめたものを途中で止めることも難しく、「きっかけはあった」と返事をしている。

記憶の箱の蓋《ふた》を開けた途端、罪悪感と恥ずかしさが胸にふわりと舞い上がる。

「本当は、夜遅くまで起きて、プレゼントを置く現場を目撃《もくげき》すれば一目瞭然《いちもくりょうぜん》だったのかもしれないが、俺にはできなかった」

「どうしてですか」

「寝ちゃうからな」

カールの言葉に、男が噴《ふ》き出す。「なるほど、健康的です」

「まあ、それとは別に、真実を目の当たりにしたくないという気持ちもあった。ショッキングなことは、ほら、遠まわしに受け止めたいだろ」

「分かります」

「だから、こう考えた。もしサンタクロースが存在しないとしたら、俺の家ではとうてい買うことができないものをプレゼントとして頼んだ時点で、ぼろが出るだろう、と」

「なるほど」

「思いついたのは自転車だ。オフロードも走れるような、恰好いいもので、値が張った。で、うちには売れば金になるようなものがなくもなかった。母が祖母の祖母の代から受け継いでいるという指輪と、父親が持っているポップアーティストのサイン入りポスターだ。どちらも、希少で高価

「そうなんですか？」

「本人たち曰《いわ》く、だな。『困ったらこれを売る』とよく言っていた。そして、俺はこう考えた。自転車を買うことなんて、無理だ。指輪やポスターを売るとは思えない。もしサンタクロースが嘘ならば、まず間違いなく、父親が打ち明けてくるだろう、と。俺も十代の半ばに差しかかっていた。これ以上、サンタクロースを信じさせておく必要もない。今までのおもちゃであれば、少し食費を切り詰めれば買えたんだろうが、自転車ではそうはいかない」

そこで脳裏を過《よ》ぎったのは、年の暮れが近づいてくると、家の小さなテーブルで背中を丸めて、帳簿と睨《にら》めっこしている母親の姿だ。あれは家計簿か、もしくは店の出納帳《すいとうちょう》のようなもので、年を越すのに必要な金を捻出《ねんしゅつ》するのに腐心《ふしん》してい

たのだろう。

「お父さんはどうされたんですか」

「そのまま、クリスマスイブまで何も起きなかった。親父は無愛想ながらも、いつもと変わらず過ごしていた。例によって、浮気に勤《いそ》しんでいる気配もあったよ」

カールは、あの年のクリスマスイブ、ベッドに横になりながら鼓動《こどう》で揺れるようになりながら、まるで眠れなかったことを思い出した。気づけば朝になっていた。

「さすがにプレゼントは届きませんでしたか」

「それが届いていたんだ。自転車は枕元《まくらもと》に置けなかった、という理屈なんだろう。家の前に、欲しかった、恰好いい自転車があった」

「素晴らしい」

「本当に恰好良かったんだぜ」カールはその、数回しか乗らなかった自転車の外見を思い出せない。

「分かります」男はにこやかに言い、「では、それでサンタクロースは存在している、とカールさんは確信したんです

か？」と先を促《うなが》していく。そんなことはない、と男も予想がついているのだ。

「一瞬、俺も信じそうになった。こいつは良かった、サンタクロースはやっぱりいるんだ。これから毎年、高価なものが頼めるぞ、なんて気分もあったな。ただ、すぐに事情が分かった」

「どうなったんですか」

「親父と母親の口論が聞こえてきた。自転車に乗って、気分良く、町をぐるっと走って、帰ってきた時だ。ふだんは、大人しい母親がはじめて爆発していた。ようするに、どうして指輪を売ったんだ、という怒りだった。驚いたよ。怒りの爆発で新しい宇宙がもう一つできるくらいだ」

「ああ」

「勉強が苦手で、鈍感な俺でもさすがに分かった。父親は愚《おろ》かにも、指輪を売ったんだ。俺の自転車を買うために。つまり、サンタクロースはいなかったわけだ」

「お父さんが、指輪を売ったお金で自転車を買った、という

のは明らかになったんですか」

「証拠はないが、そもそもこんなものに証拠があるとも思えないが、状況からすれば間違いはない」

「そうだとしたら、でも、それはそれで子供の望みを必死に叶えようとした、いいお父さんのような気がします。やりすぎだったとしても」

「子供のため、というよりはあれは、意地だったんじゃないか。親父も、俺が挑戦的な気持ちで、自転車を言い出したのは勘づいていたんだろうな。『親父、買えないだろ？』と思っているのが、ばれていたんだ。だから、むきになった」

「ああ、そういうことですか」

「その頃、親父はたまたま、指輪を買い取る業者と知り合いになった。母親との口論でそんな話が聞こえてきた。だから、売ったんだ。残った金は、浮気相手に使うかもしくは、生活費の足しにしたんじゃないか。その年だよ。俺は家を出たんだ。身勝手で、頑固な父親と一緒に暮らしているのもうんざりだったし、今まで堪《こら》えていたものを吐き出すようになった母親を見ているのも、耐え難かった」

「たぶん、指輪の件は、お母さんにとっては、きっかけに過ぎないのかもしれませんね」

「そうだ。指輪はきっかけだ。今まで、積もりに積もっていた不満が、そのクリスマスの件で、噴き出したんだ」

カールは溜《た》め息を吐《つ》き、公園を見渡す。人はおらず、風が音を立てているだけだった。

「頑固な浮気親父のもとから家出をした俺の、今就いている仕事が、家出人を探したり、浮気を調査したりする探偵だからな、皮肉なもんだ。おまけに俺も頑固だしな」

「カールさんが家を出たのは、お父さんに嫌気が差したというよりは、自分のやったことに対する罪悪感や恥ずかしさがあったのかもしれませんね」男は突然、先ほどまでのただの聞き役といった趣《おもむき》から、積極的にこちらに踏み込むカウンセラーの気配を滲ませた。が、カールは不快には感じず、「その通りだ」と認めた。「俺は自分の幼さが嫌だったんだ。次のクリスマスが来た時に、恥ずかしさと自己嫌悪で居たたまれなくなるのは分かっていたからな、その前に飛び出した」

「でも、慰めるわけじゃありませんが、カールさんがそのきっかけを作らなくても、お母さんはいつか爆発していましたよ。放っておいても宇宙はできたんです」

「そうかもしれない」カールはうなずく。「慰められるよ」

5

「こじつけ、というのは嫌いですか?」

街路灯が周囲を薄ぼんやりと照らす中、男がふと言った。

カールはそろそろ立ち上がろうとしていたのだが、「こじつけ?」と聞き返していた。

「解釈と言うべきなんですかね。物事は解釈の仕方によって、さまざまな姿を見せる、ということなんですが。たとえば」

男が言葉を探している間、カールはその、継がれる台詞《せりふ》が宙に浮いているかのような思いに駆られ、周囲を眺めてしまう。

「たとえば、ある男が汗をびっしょりかいて、ワイシャツの首のボタンを外そうとしています。カールさんは、それをどう見ます?」

「どう見ますかと言われても困るが、まあ、暑くて汗をかいたから、ボタンを外して風通しを良くしようとしている、とそんなところだろうな」

「常識的に考えればそうかもしれません。でも、こう考えることもできます。彼は突然、首のまわりをきつく感じ、襟《えり》のボタンを外そうとした。ただ、そのボタンがなかなか外れず、きついボタンを炎天下の下でいじくっているうちに、汗だくになってしまった、と。そういうふうに」

「確かにそれは、こじつけだ」カールは呆れながらも、少し笑う。

男は怯《ひる》むこともなければ、むしろ嬉しそうに、「ええ、そうです、こじつけなんです。普通に考えればこうだけれども、見方を変えると、こういう風にも考えられるよ、という可能性のゲームみたいなものですね」と言った。

「可能性のゲームか」

「今のカールさんのお話を聞いて、僕もそのゲームをやってみようかと思ったんです。事実が変わることはないのかもしれませんが、あまりにカールさんが暗い顔をしているので、少し楽な気持ちになる考え方もあるんじゃないかと思いまして。気休めです。たぶん、カールさんは笑って相手にしないか、もしくは、僕が正気かどうか心配するでしょうけどね」

「どういうことだ」

「真剣な感じにならないでください。洒落《しゃれ》のつもりなんですから。まあ、せっかくのクリスマスイブですからね、少し遊びたいじゃないですか」

分かったよ、とカールは少し身体《からだ》から力を抜く。「さっきの俺の話をどう、解釈してみるっていうんだ」

「カールさんのお父さんが、本当のサンタクロースだと考えたら、どうでしょう?」

6

カールは、男の顔を見た。自分がどういう表情をしているのかは把握《はあく》できなかったが、ひどく呆《ほう》けた顔なのは間違いない、とは思った。

「そんな顔をしないでくださいよ」と男も言った。「あくまでも、ゲームなんですから」

「そりゃそうだが」

「そもそもサンタクロースは二つの話がごちゃまぜになってしまった、というのをご存知ですか？」

「二つの話？」

「一つは有名な、聖ニコラウスです。三世紀の終わりにいた聖職者で、彼はある日、貧しい男のことを知ります。男は、美人で優しい娘を三人持っているにもかかわらず、持参金がないがために結婚させてあげられず、悲しんでいました」

「お金がない苦労は、俺も分かる」カールは半ば本気で答える。

「聖ニコラウスは、その話を知り、ある日、お金を入れた袋を窓からそっと投げ入れました。そのおかげで、娘たちは嫁ぐことができたそうで、それがようするに、『贈り物をする謎の男』聖ニコラウスのはじまりになりました」

「いい話なんだろうが、普通は、投げ込まれた大金なんて、不気味だからな、使う気にはなれない。こっそり渡す必要もないだろう。でもまあ、それがサンタクロースのはじまりになったわけか」

「贈り物をする男、子供を守る男、という代名詞として、聖ニコラウスが各地に広がったのかもしれませんね。オランダ語で、聖ニコラウスのことは、sinterklaasと言ったそうですから、そこから、シンタークラース、サンタクロースと呼ばれるようになったという話もあります」

「ようするに、聖ニコラウスにちなんで、みんながプレゼントをしあうようになった、というわけだろう。つまり、サンタクロースは実在しない」

「一方で、それとは別に、もっと昔から、北極近くには、トナカイで空を飛ぶ妖精《ようせい》がいた、という話を知っていますか？」

「何だそれは」カールはますます鼻白《はなじろ》んだ思いになる。「妖精とはね」

「ええ」男は、自分で言い出した話にもかかわらず、「興醒《きょうざ》めな話ですね」と困惑した表情を見せる。「でもまあ、そういう話があるそうなんですよ。その妖精たちはトナカイに乗り、あちこちにプレゼントを配っていくそうです」

「そっちのほうが、いわゆるサンタクロースに近いな」

「その話と、聖ニコラウスがまぜこぜになったんだと思うんです。妖精たちはずっと昔から、謎の贈り物を届けていた。そこに聖ニコラウスという聖職者の話が出てきたものだから、その二つを結びつけて、だからああいう服装で、ああいう恰好の存在になったんじゃないでしょうか」

「コカコーラの広告ポスターから、ああいう恰好になったのかと思ったよ」

「まあ、そのあたりはみなさんお好きな説を採用していいのかもしれません」

カールは少し黙る。風が襟首《えりくび》を撫《な》でていく。

「先ほど、一晩でサンタクロースが世界中を回ることはできない、と言われましたが、たとえば、サンタクロースが、この場合の、サンタクロースは、聖ニコラウスではなく妖精に近い、いわゆるあのサンタクロースですが、彼が時間を止められるとしたらどうでしょうか。一晩は永遠です」

「映画ではあるまいし」

「もしくは、複数グループによる仕事なのかもしれません。困難は分割せよ、納期に間に合わなければ人員を投入せよ、の考え方ですね。各地の担当者を決め、同時進行で配達を行えば、可能かもしれません。それに、たぶんね、全ての子供に配る必要はないんですよ」

「どういうことだ」

「先ほどカールさんがおっしゃっていたことと同じですよ。裕福な家なら、親がおもちゃを買ってあげればいいんです。

たぶん、サンタクロースはそうじゃない家庭の子供をピックアップしているんじゃないでしょうか」

「すごいプロジェクトだな」カールは馬鹿げているとは思いつつも、壮大な計画を考えると、高揚《こうよう》する部分もあった。

「あとはトナカイ次第ですね」

「トナカイは飛ぶのか」

「飛ぶ、にもいろいろな種類がありますけれどね。軽くジャンプするものもいますし、トビウオは海面から飛び出して、三百メートル飛ぶこともあるらしいです」

「ただ、サンタクロースのトナカイは、本格的に飛ぶんだろ？」カールは、橇《そり》を引き、離陸するサンタクロース一行のイラストを頭に描いている。

「ええ。以前、ある本を読んでいたら、アメリカ農務省の資料、という触れ込みの写真が載っていました。広い土地にトナカイの群れがいる写真なんです。そのうちの端にいる、数頭のトナカイが明らかに空に向かって、飛んでいるんですよ。それこそ飛行機みたいに」

「農務省ねえ。よけいに胡散臭《うさん》いな」

「まあ、そうですけどね」男は認める。「でも」と続けた。「でも、トナカイの毛だったのかもしれませんよ」

「トナカイの毛？　何がだ」

「カールさんのお父さんが外出の際に、つけて帰ってきたという、長い毛が、ですよ」

「おい、何だよそれは」

「ほら、カールさんのお父さんはサッカーチームの監督をしていたと言っていましたよね。あれはトナカイのメンバーをやりくりしていたんじゃないでしょうか。先ほど僕が言ったように、もし、サンタクロースが複数分担制だとすると、それぞれにトナカイが割り当てられているはずです。で、一頭でも体調を崩すと、隊列の組み方をやり直す必要が出て、大変になるはずです。おそらく、お父さんはトナカイのことを隠すために、サッカーチームの監督のふりをしていたのかもしれません。クリスマスに向けて、最高のパフォーマンスを見せるために、トナカイたちの訓練は念入りにしないとなりませんから」

「本気で言っているのか」

「カールさんのおうちでは、年末近くになると帳簿をつけていた、とおっしゃっていましたが、あれは、プレゼントのリストではないでしょうか。サンタクロースに一番必要で、重要なものは、リストです」

「あんなに不機嫌な父親がサンタクロースだとしたら、幻滅だな」

　男が笑う。いつの間にか男はベンチを立ち、身振りを加え、職場で会議中に自説を述べるかのようでもあった。「それもカムフラージュかもしれませんよ。サンタクロースの仕事については、子供にもばれないようにしなくてはならず、そのためめに、駄目な大人を装《よそお》っていたのかも。浮気はあくまでも、そのふりをしているだけで」

「では、あの、自転車はどういうことだったんだろう。もし、父親がサンタクロースだとしたら、俺の自転車を用意するために、指輪は必要なかったはずだ。それとも、サンタクロースの用意するおもちゃは、指輪を原料にしているのか？」

「自転車を買うためにではなく、世界のどこかで、その指輪を頼んだ子がいたんじゃないでしょうか。本当に貴重な指輪だったのかもしれません」

「無理がある」カールは言葉こそぶっきらぼうだったが、愉《ゆ》快《かい》さを覚えていた。「もしそうだとしたら、母親があんなに怒る必要はなかった。夫の正体を知っているのだとしたら、指輪の行き先も知っていたはずだろう？　それに、そんな証拠だけなら、サンタクロースの可能性があるのはほかにもたくさんいる。浮気帰りの男はみんな、トナカイのせいにすればいい」

「やっぱり駄目ですか」男は歯を見せた。無理がある、と言われ、いっそう嬉しそうでもあった。

「それに、もう一つ。君は、俺の父親が、浮気男のふりをしていただけだ、と言った。ただ、それは事実じゃない。ふりだけじゃないんだ」

　男が立ったまま、カールと向き合う。

カールは肩を竦《すく》めながら、街路灯の並ぶ道路を顎《あご》で示した。

「今日、俺が尾行しているのは、俺の父親なんだ。そこの大きな家の女に迎え入れられて、いそいそ中に入っていったのは。クリスマスイブに浮気をしているようでは、さすがにサンタクロースではないだろうな」

7

「さっきも言ったように、俺は十代で家を飛び出して、それきり家には帰らなかった。親も心配はしたんだろうが、警察に届け出てはいなかったようだった。たぶん、俺の言動やら、状況で、事件に巻き込まれたわけではないと理解していたんだろう。それが、ついこの間のことだ、母親が急に電話をかけてきた」

カールは、その電話を受けた自分が思いのほか淡々としていたことを思い出した。懐かしさも感慨もなかったが、鬱陶《うっとう》しさも感じなかった。十数年前の、十代の自分に戻った気がした。「どうして、ここの電話番号を知っているんだ」と少ししてから訊ねた。

「どうやら俺に仕事を依頼した人間が、母親の知人だったらしい。ある日、ひょんな拍子に話を聞いて、俺じゃないかとぴんと来たようだ。で、事務所に電話をかけてきた」

声ですぐに分かった、と母親は少し声を弾《はず》ませた。母親としての直感を誇るようでもあった。「すぐに分かったの」と三回は言った。

「母親はそのうち泣き出した。俺は、母親のことを忘れていたから、あっちもそうだと思っていたんだ。ただ、母親は、俺のことをずっと心配していたらしい。それが少し意外だった。はじめは、俺の健康状態ばかりを気にして、ほかのことは特に質問してこなかった。その日はそれで終わった。それから、時々、電話があった。俺は出られる時もあったし、出られない時もあった。話す余裕がある時は電話に出たが、そうじゃない時は無視をした。ただ、この前、電話に出た時、急に言い出したんだ。どうやら、父親が浮気をしているらしい、とな」

男は残念そうに片眉を下げ、どうぞ話を続けてください、と無言ながら促してくる。

「父親はこの二ヶ月ほど、外出が増えて、夜も遅いんだと。どこに行ってるのかと問い質《ただ》しても、言葉を濁《にご》す。香水の匂いもひどい。俺が子供の頃に、父親は確かに浮気をしていたんだが、俺が家を出てしまってからは心を入れ替えて、そういったことはしなくなったのだ、と母親は言うんだが、まあ、『あんな男を信用するのが悪い』と喉《のど》まで出かかったよ。ただ、言わなかった。母親がひどく弱い人間に思えたからだ」

「調査を依頼されたんですか？」

「俺は、調べたところで結果は見えているからやめたほうがいい、とアドバイスしたんだが、ほかの依頼人と同様、彼女も、調べてみないことには納得できないようだった。浮気調査を依頼する人間はたいがい、『相手が浮気をしていないこと』

を知りたくて金を払ってくるんだが、報《むく》われない」

「それで今日、お父さんを尾行してきたわけですか」

「俺のほうが別の仕事でなかなか時間が割《さ》けなくてね、母親からの依頼だから金を受け取るつもりもなくて、だから、空《あ》いた時間の穴埋めみたいな気分だったんだ。そうしたら、ローテンブルクまで来て、あの女の家に入っていったもんだから、少し驚いた。クリスマスだということも途中まで忘れていたんだ」

男はいつの間にか、カールの隣に座り直していた。今度は考えるように腕を組み、そのうち、ロダンの彫像《ちょうぞう》よろしく、考える体勢を取った。

そろそろ君も仕事に戻らないといけないだろう、と言いかけたところで、男の言葉が聞こえた。「お父さんも、カールさんとは仲良くしたかったのかもしれませんね」

「どうしたんだ、急に」

「何となく、お父さんの気持ちに寄り添ってみたんですよ。不余裕があるとは言い難い自営業をしながら、子供を育て、機嫌な時もあったんでしょうが、でも、やはり、子供とは仲良く暮らしたかったんじゃないでしょうか」

「どうだろうな」

「僕の知っている親はたいがいそうですよ。子供の喜ぶ顔が、至上の幸福、といった表情をします」

「サーカスを観に来る客のようにかい」カールは自分がそう言った後で、なるほど、と思った。なるほど、この男こそがサーカスから逃げ出した男ではないか、と。

が、構わず、男は続ける。「もう一度、こじつけを聞いてもらえませんか」

「こじつけ？」

「今度のは先ほどのよりは少し、地に足がついています」男は笑う。「お父さんが本当に浮気をしていると思いますか？カールさんが子供の頃はそうだったとしても、今はやはり、反省しているんじゃないでしょうか。僕はそう思いますよ」

「それは君の願望じゃないか」

「まあ、そうですけどね。ただ、もし浮気ではないとしたら、どういうことか。お父さんもそれなりに年を重ねて、どうしてもやらないといけないと思ったことがあるんじゃないでしょうか」

「何だい、それは」

「お母さんの指輪を取り戻すことですよ」

カールは黙った。

「お父さんも後悔していたんです。勝手に指輪を売ってしまったんですからね。たぶん、売った時はそれほど深いことは考えていなかったのかもしれません。生活費の足しにするつもりだったのか、それとも当時、浮気していた相手に手切れ金でも渡す必要があったんでしょうか」

「どちらにせよ、誉《ほ》められたことじゃない」

「そうですね。誉められたことじゃないです。たぶん、お母さんの激怒ぶりを見て、初めて自分がやったことの重大さに気づいたんでしょうね。ただ、それを帳消しにできないまでも、生きている間に、どうにか挽回《ばんかい》しようと思ったんじゃないでしょうか」

「挽回？　どうやって」

「指輪を取り戻すために、あの家に行ったんじゃないですか？」

　カールは少し口を開けたまま、また道路に目をやる。

「あの家の女性は美術品やら宝石を集めています。指輪をたくさんつけて、雑誌に載ったり、テレビに出たりもしていて」

「母親の指輪をつけている場面を、親父が見つけたのか」

「たぶん、お父さんはずいぶん前から探していたんじゃないでしょうか。そして、写真か何かであの女投資家が指輪を持っている、と知った」

「親父はどうやって、この家の場所を知ったんだ」

「カールさんのような業者を雇ったのかもしれませんし、自分で地道に聞きまわったんでしょうか。ただ、おそらくそのためにこの二ヶ月、お父さんは秘密の外出が増えたのかもしれませんよ。お母さんには内緒で、投資家を探して、たぶん、何度か交渉もしたんじゃないですか。彼女にも会った」

「それで香水の匂いがついた、とか言うんじゃないだろうな」

「それで香水の匂いがついたんじゃないですか」男はまた綺麗な歯を見せた。

「そうだとして、どうやって取り戻すんだ。親父に、指輪を買い戻す金があるとは思えない」

「こつこつ貯めていた可能性はありますし、もしかするとほら、ご自分の持っている、あのサイン入りポスターと交換するつもりなのかもしれません。先ほどお父さん、大きな袋を持っていましたよね」

「よく覚えているな」確かに、カールの父親は白とも灰色ともつかない大きな布袋を肩に載せ、歩いていた。

「サンタクロースの背負う袋に似ているな、と思ったので印象に残っているんです」男は言う。「もし、そのポスターに何らかの価値があれば、そしてお父さんの気持ちの強さに、あの家主がほだされるようなことがあれば、指輪を返してくれる可能性もゼロではないですよ」

カールはきょとんとし、男を見て、それからまた道路を眺める。男の言葉がさらに続く。頭の中に穏やかに流れ込んでくる。「これはもちろん、僕のこじつけですから、間違っているる可能性もあるかと思います。ただ、もし万が一、カールさんのお父さんがここで指輪を取り戻せたのなら、クリスマスの夜はそれに相応《ふさわ》しい気がしますね。お母さんの欲しがっているものをプレゼントするんです」

「母親の欲しがっているものか」

「クリスマスとはそういうものです。欲しがっているものがもらえる日です。ああ、言うまでもないことですがお母さんは、カールさんにも会いたがっていると思いますよ」男は立ち上がると、尻のあたりをはたいた。「どうですか？」

「どうですか、とはどういうことだ」

「今日、これからでも実家に帰ってみたら」

さすがに無理だよ、とカールは頭を掻《か》く。

「無理というのは、距離の問題ですか？　それとも気持ちの？」

「どっちもだよ」

「距離だけならどうにでもなるんですけどね」男は伸びをし

て、「もう、こんな時間ですね。そろそろ行かないといけません」と言った。「とても楽しかったです。これからまた一頑張りできそうです」

「こっちこそ楽しかったよ」カールもベンチから腰を上げた。男が立ち去るのを見送ろうと思った。

が、そこでしばらく身動きが取れなくなった。眼差しを横に向けたところ、視界の隅にそれが見え、驚いたからだ。はじめは現実の光景とは思えず、きょとんとしてしまったが、だんだんとはっきり見えてくる。

例の大きな邸宅から男が出てきたのだ。誰なのかはっきりしなかったが、目を凝《こ》らし、体型や歩き方から自分の父親であることを把握すると、カールは笑った。軽やかな声がするので横を見れば、男も噴き出している。

父親は、自分で持ってきたものなのか、赤と白の、サンタクロースの衣装としか思えぬ服を着て、帽子を被っていた。少し照れ臭そうにしつつも開き直ったかのように、のしのしと早足で進んでいく。

カールはその姿が見えなくなるまでじっとしていた。

「何でまた」カールは、自分の父親の恰好に恥ずかしくなる。

「お母さんにあの恰好で渡すんじゃないですか」

「もっと家の近くで着替えればいいだろうに」とカールは洩らした。

「ですね」男も言う。

公園の周囲はしんとし、空は一層、暗さを増していた。が、その黒い空に、あちらこちらの家のクリスマスの光景が溶け込んでいるようにも感じられた。

「これから、カールさんはどこへ行かれるんですか？」

「さっき、レストランがあったんだ。洒落た看板が飾られた店で。そこに寄ってみるかな」カールは自分でも意識しないうちに、そう答えている。店名を思い出す。グリュック、だ。

「君はどこに？」と訊ねたカールは、君はもしかするとサーカス団から逃げ出してきた男ではないのか、と続けた。彼の生真面目《きまじめ》ながらも、俗世間からかけ離れた佇《たたず》まいは、宙を軽やかに跳ぶサーカス団員のものにも感じられたからだ。

男は一瞬、何を訊《き》かれたのかと目を白黒させたがすぐに、

「そういえば、いなくなったらしいですね。残念ながら僕は違います。宙を飛ぶという意味では、サーカス団員と近いかもしれませんが」と肩をすくめた。「僕はこれから、国を二つ跨《また》いで」

「え？」

「今日は、配達のエリアが広いんです。ただ、北回帰線の向こうまでは行かなくて済みそうです」

きょとんとしているカールに、男はさらに続けた。「昔、人間にあった妖精たちがこう言ったそうです。『ほら、君たちのよく言う、サンドラ・クロス！』と。たぶん、サンタクロースという音を聞き間違えたんでしょうね」

「サンドラ？」

混乱し、置いてけぼりを食らったカールをさらに置いていくかのように、男は、「自転の関係で、一日は二十四時間ではなく三十一時間使えるんです。おかげで、少し休めます」と言いもした。

「いったいどういう話なんだ」

　すると短いながらも鋭い、呼びかけの声が離れた場所から飛んできた。

　目をやる。公園の入り口のところに、二つの影があった。背広を着ている、すらっと背筋の伸びた男たちは、ひどく険《けわ》しい顔をしていた。

　男は、その二人のいかつい男たちに手を振る。「今、行くよ」と大きな声で伝えた後で、「クランプスだ。なんだかんだ言って、手伝ってくれる」とカールに囁《ささや》く。

　カールはそこで、俺の自転車は！　と質問をぶつけようとした。あの自転車は、父親が指輪を売って買ってくれたものなのか、それとも君や君の仲間が置いていってくれたものなのか、どちらなのか、と。が、言葉を飲み込む。

　男が公園から出て行こうとする。

　一度、立ち止まり、振り返ると、「父の代からはあんな赤い服、着なくなったんですよ」と言った。手にはいつの間にか白い大きな袋が握られていた。二人の男たちが、彼の肩を

叩《たた》き、先を急がせるよう促《うなが》した。

カールが瞬《また》きをしている間に、男たちは消えた。今の、男との会話が本当にあったものなのかどうかも分からず、かといって、「凄い人に会ったんだ。聞いてくれよ」と話をする相手もおらず、自分の当惑を持て余した。が、不快感はなかった。小さく息を吐くと、「サンタクロースにも休憩《きゅうけい》があるんだな」と言った。

あとがき

この小説のあらすじは、大学一年生の時に書いた短編小説がもとになっています。アマチュア時代に書いたもの、しかも生まれて初めて完成させたものでしたから、技術的にはかなり拙《つたな》いものだったのですが、アイディアやストーリー展開については気に入っていましたので、二〇一〇年、河出書房新社から『文藝別冊　伊坂幸太郎』という特集ムックを出してもらうタイミングで、文章をすべて書き直した形で発表させてもらえたのはありがたいことでした。

そして、その直後から編集者から、「せっかくのクリスマスの話であるから、プレゼントできるものにしたい」という話が持ち上がりました。

できればイラストや絵をつけて、楽しいものになれば、と相談してはいたものの、まさかマヌエーレ・フィオールさんに引き受けていただけるとは思ってもいませんでした。幻想的で、抒情《じょじょう》的な雰囲気を持つフィオールさんの作品は、美しい上に優しく、読者に寄り添ってくれるようで、大好きですから、今回、絵を描いていただけて、感激しています。終盤の見開きを使った絵など、映画の一場面のようでありながら、映画では決して表現できない色や静かさがあり、はっとさせられます。制作期間中、定期的に送られてくるフィオールさんの絵を観ることは贅沢《ぜいたく》な喜びでした。本当にありがとうございました。

作中のサンタクロースの蘊蓄《うんちく》などについては、『空飛ぶトナカイの物語 今明かされるサンタ・クロースとそのクリスマス・ミッションの真実』（ロバート・サリヴァン著／グレン・ウルフ絵／井原美紀訳／集英社）を参考にしています。

伊坂幸太郎

『クリスマスを探偵と』は、まるでガラスケースに収められた小さな雪景色のようです。覗《のぞ》き込むたびに細部が変わっていって、少しずつ景色が違ってきます。

だからお話の最後ではいつも呆然となり、もう一度読み直したい気持ちで胸がいっぱいになります。読み返すたびに、ミステリアスな新しい変化に、きっと気づくでしょう。

マヌエーレ・フィオール

伊坂幸太郎

（いさか・こうたろう）

1971年、千葉県生まれ。1995年、東北大学法学部卒業。2000年『オーデュボンの祈り』で、新潮ミステリー倶楽部賞を受賞し、デビュー。2004年『アヒルと鴨のコインロッカー』で吉川英治文学新人賞、2008年『ゴールデンスランバー』で本屋大賞と山本周五郎賞を受賞。他の作品に『陽気なギャングが地球を回す』『重力ピエロ』『砂漠』『チルドレン』『死神の精度』『夜の国のクーパー』『ガソリン生活』『アイネクライネナハトムジーク』『火星に住むつもりかい？』『AX』『ホワイトラビット』などがある。

マヌエーレ・フィオール

1975年、イタリアのチェゼーナ生まれ。2000年、建築学の学位をヴェニスで取得後、2005年までベルリンで漫画家、イラストレーター、建築家として働く。2011年『秒速5000km』（“*Cinq mille kilomètres par seconde*”）でアングレーム国際漫画祭最優秀作品賞を受賞。他の作品に『エルザ嬢』（“*Mademoiselle Else*”）など。新しい才能を持つバンド・デシネ作家として、松本大洋をはじめとし、日本の漫画界からも大きな注目を集めている。

初出　『文藝別冊　伊坂幸太郎』（2010年11月　河出書房新社）

クリスマスを探偵《たんてい》と

2017年10月20日　初版印刷
2017年10月30日　初版発行

文　伊坂幸太郎
絵　マヌエーレ・フィオール
©Manuele Fior, 2017

装丁　川名潤
編集協力　株式会社CTB
発行者　小野寺優
発行所　株式会社河出書房新社
〒151-0051 東京都渋谷区千駄ヶ谷2-32-2
03-3404-1201［営業］　03-3404-8611［編集］
http://www.kawade.co.jp/

印刷　凸版印刷株式会社
製本　大口製本印刷株式会社

ISBN 978-4-309-02616-9　Printed in Japan

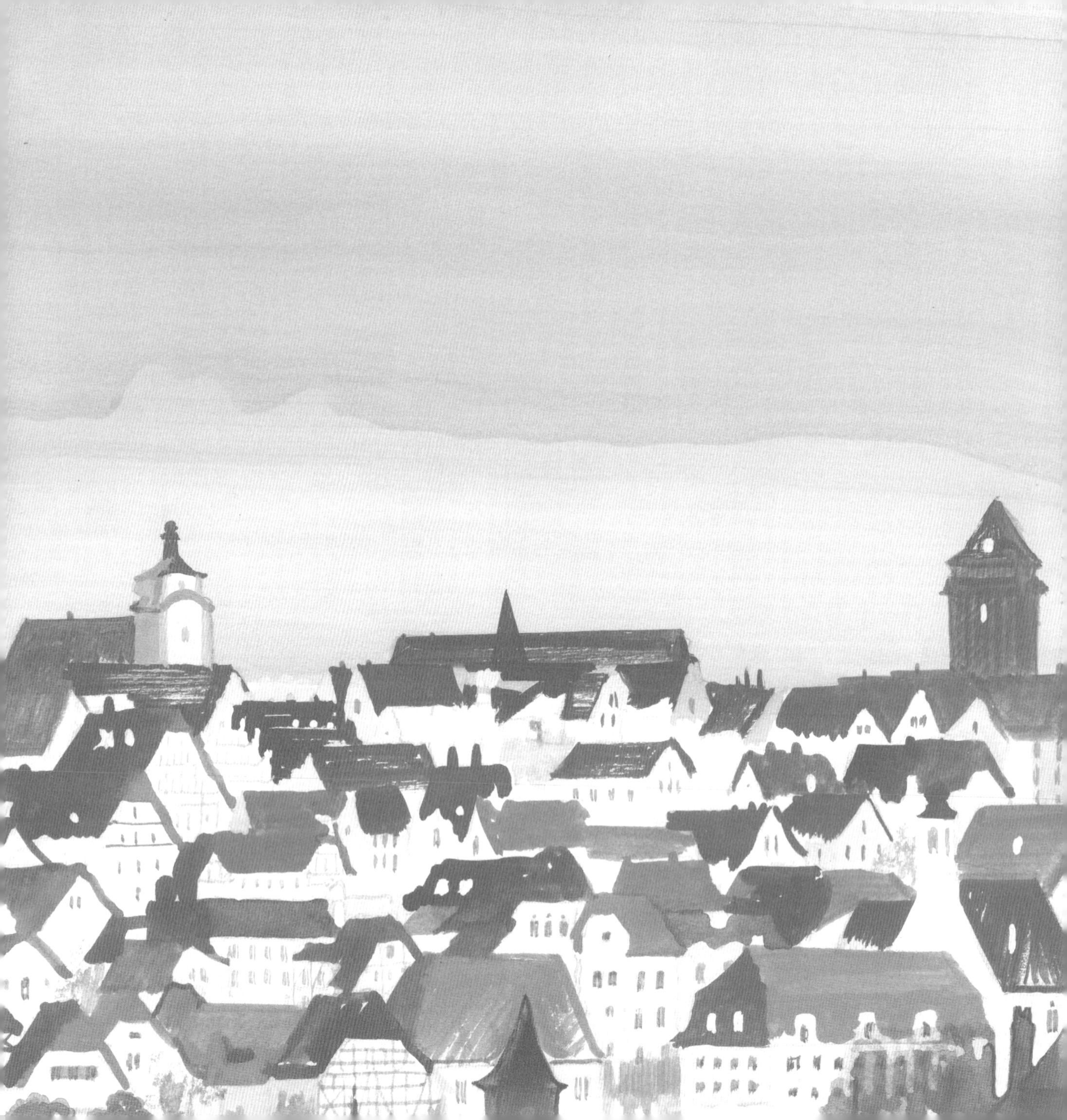